Jan Kaiser

Für Marellchen

PETER HAMMER VERLAG

Jan Kaiser

FÜR MARELLCHEN

Eine Gedichte-Geschichte

Mit Illustrationen
von Maja Bohn

Peter Hammer Verlag

Für Sophia

KAPITEL 1

Marie ist für eine Ferienwoche zu Besuch bei Opa. Denn Mama und Papa machen einen Yogaurlaub in einem Biohotel im Sauerland. Das hatte Mama sich gewünscht. Dort essen sie Rohkost, verknoten sich und lernen, richtig zu atmen.

Marie wollte nicht mit. Denn Sauerland klingt wie Ekligland oder Doofland, findet sie. »Außerdem kann ich schon atmen«, hat Marie gesagt. »Und bei Opa ist es sowieso lustiger!«
Also haben Mama und Papa sie dorthin gebracht. Mit ihrem Nilpferdkoffer und ihrem Kuschelschwein Schröder. Beim Abschied guckt Papa ein bisschen so, als würde er auch fast lieber bei Opa bleiben.

Weil Oma leider nicht mehr lebt, wohnt Opa allein. Seitdem wird er immer ein bisschen wunderlicher. Er stellt die Sachen nicht dorthin, wo sie hingehören, und findet sie dann nicht mehr wieder. Er kleidet sich auch etwas komisch. Oder er kocht mitten in der Nacht so leckere Sachen wie Salzheringe mit Lebkuchen und Hustensaftsoße. ›Aber immer noch besser als Rohkost‹, denkt Marie.

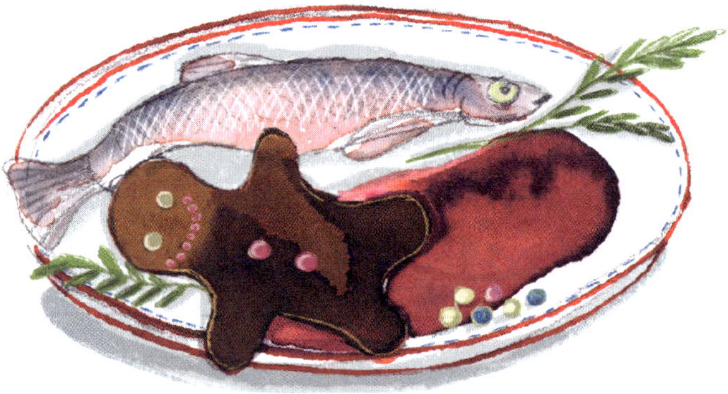

Sie mag Opa sehr. Und sie mag all die lustigen Sachen, die er sich immer wieder für sie ausdenkt. Sie liebt es sogar, dass Opa sie nicht Marie, sondern Marellchen nennt. Denn Maries gibt es schon so viele. Allein in ihrer Grundschule drei. Aber Marellchen – das ist nur sie!
Am Nachmittag hört sie die Nachbarn im Garten über Opa reden. »Der Alte ist nicht mehr ganz dicht!«, sagen sie. Und das macht Marie traurig.

In der ersten Nacht bei Opa wacht Marie auf und kann nicht mehr einschlafen. Sie schnappt sich Schröder und tappt durch das dunkle und stille Haus rüber in Opas Schlafzimmer. Dort steckt sie Opa vorsichtig einen Finger ins Ohr, bis er aufwacht.
Opa wühlt sich schnaufend aus seiner Decke heraus und reibt sich die kleinen, faltigen Augen, die Marie so gerne mag. Sie erinnern sie an die Augen von dem alten, freundlichen Elefanten, den sie mit Mama und Papa mal im Zoo gesehen hat.

»Gott zum Gruß, mein Marellchen«, sagt Opa, noch etwas verdattert. »Ist es schon Morgen? Dann mache ich uns mal eine warme Limonade mit Senf.«
»Nein, Opa, ich kann nicht schlafen«, sagt Marie und krabbelt neben ihn auf Omas alte Bettseite. Dann überlegt sie kurz und fragt: »Opa, bist du nicht mehr ganz dicht? Die Nachbarn sagen das.«
»Soso …«, murmelt Opa und kichert. »Sie irren sich. Ich bin noch sehr dicht. Schau mal her!« Er steht auf, stellt

sich vor das Bett und streckt die Arme aus. »Siehst du es irgendwo tropfen?«, fragt er.
Marie steigt aus dem Bett, läuft einmal um Opa herum und betrachtet den Zimmerboden. Keine Tropfen, keine Pfützen: Opa ist noch dicht!

»Und jetzt verrate ich dir noch etwas, Marellchen«, sagt Opa, als er wieder ins Bett kriecht. »Ich bin nicht nur ganz dicht. Ich bin sogar DICHTER!« Und er schaut Marie geheimnisvoll an.
»Dichter als dicht?«, fragt Marie. Sie versteht ihn nicht.
»Ja, ich bin ein Dichter, denn ich kann dichten. Seit du mich das letzte Mal besucht hast, habe ich mir viele lustige Gedichte für dich ausgedacht. Und in einem wacht auch jemand mitten in der Nacht auf und kann nicht mehr schlafen. Willst du es hören?«

Marie will. Opa springt noch mal auf und wühlt eine Weile in seiner Schlafzimmerkommode herum, bis er ein kleines, blaues Notizbuch aus der Sockenschublade zieht und aufschlägt …

Wattwurms Erwachen

Mitten in der dunklen Nacht
ist Wattwurm Walter aufgewacht.
Das Watt lag still, er fragte sich:
„Herrjemine, was weckte mich?
War es des Mondes trübes Licht?
Nee, das war es sicher nicht.
War es des Leuchtturmwärters Singen?
Das wird kaum bis hier draußen dringen.
War es der Deich mit seinen Schafen?
Nein, dabei kann ich prima schlafen.
War es der Nordseekrabbenschrei?
Quatsch, der wär mir einerlei.
Vielleicht der Ruf des Kabeljaus?
Ach, ich glaub, den schließ ich aus.
Ist eine Scholle am Verrecken?
I wo, das würd mich niemals wecken.
Am Ende war es wohl der Butt?
Der macht den Schlaf mir nicht kaputt.
So keift der Aal des Nachts durchs Watt?
Ach was, den überhör ich glatt.
Oder der Hummer, der oft stöhnt?
Nein, daran hab ich mich gewöhnt.
Es war nicht Dorsch, auch Flunder nicht,
und ich bin müde im Gesicht.
Drum wird's wohl Liebeskummer sein!"

Dacht' sich der Wattwurm ...

... und schlief ein.

Das Gedicht gefällt Marie sehr. Und während sie darüber nachdenkt, in welches Tier Wattwurm Walter verliebt sein könnte, schläft sie auf Omas alter Bettseite ganz langsam wieder ein.

KAPITEL 2

Am nächsten Tag scheint die Sonne. Marie und Opa laufen im Haus und im Garten herum. Sie suchen Opas Lesebrille, die er immer irgendwo hinlegt und vergisst. Als Marie sie im Briefkasten findet, muss sie als Nächstes Opa suchen, der sich auch irgendwo hingelegt hat und eingeschlafen ist. Als sie ihn nach einer Weile gefunden und aufgeweckt hat – immer dem Schnarchen nach! –, ist sie durstig vom vielen Suchen.
»Kann ich eine Limo haben, Opa?«, fragt sie. »Heute Nacht wolltest du uns doch eine machen. Aber ohne Senf, bitte!«

Opa rappelt sich umständlich aus dem Gemüsebeet hoch und wischt sich die Erdkrümel mit seinem Stofftaschentuch vom Gesicht. Danach legt er sich das Tuch über den Arm und stellt sich stramm vor Marie zwischen die Salatköpfe und die Tomatensträucher hin.

»Eine senflose Brause? Eine gute Wahl, gnä' Frau! Das ist die Spezialität unseres Hauses«, sagt er mit spitzer Stimme und guckt wie der eingebildete Oberkellner Ortwin im Hotel Königshof. »Die Rechnung geht aufs Zimmer, nehme ich an?« Marie muss lachen und nickt. Nun grinst auch Opa. »Aber vorher musst du noch mein Gedicht über einen Brausomaten hören. Wo habe ich nur wieder mein Notizbuch gelassen?«
Marie zeigt auf die Regentonne neben dem Gartenschuppen. Dort liegt es.

Der Brausomat

Auf des höchsten Berges Gipfel,
über jeder Tanne Wipfel,
dort, wo nicht mal Geier fliegen,
wo nur Geröll und Felsen liegen,
wo sogar der Eisbär friert
und immer nur der Frost regiert,
wo seit über tausend Jahren
Schnee und Eis bestimmend waren
und es auch im Sommer kälter
als in jedem Kühlbehälter,
steht – entgegen meinem Rat –
ein Münzgeldbrauseautomat!
Ich glaube kaum, dass viele Kunden
jemals den Weg dorthin gefunden.
Doch was hilft es zu bereuen?
Wer einmal dort ist, wird sich freuen.
Ich hoffe nur, er hat es klein:

Der Automat nimmt keinen Schein.

Danach trinken Marie und Opa Brauselimo im Garten. Marie blubbert ein bisschen durch den Strohhalm im Glas herum. Das mögen Mama und Papa zu Hause nicht so gern, obwohl es ja eigentlich das Beste an Strohhalmen ist. Opa blubbert kräftig mit, bis ihm die Limo gegen die Nase spritzt. Davon muss er plötzlich so stark niesen, dass danach mehr Brause auf seinem Hemd und seiner Hose verteilt ist als im Glas.

»Macht nichts«, sagt er und zuckt mit den Achseln. »Mit Senf mag ich das gelbe Gebräu sowieso lieber.«

KAPITEL 3

Am folgenden Tag müssen Opa und Marie einkaufen. Opa hat schon eine Einkaufsliste geschrieben.

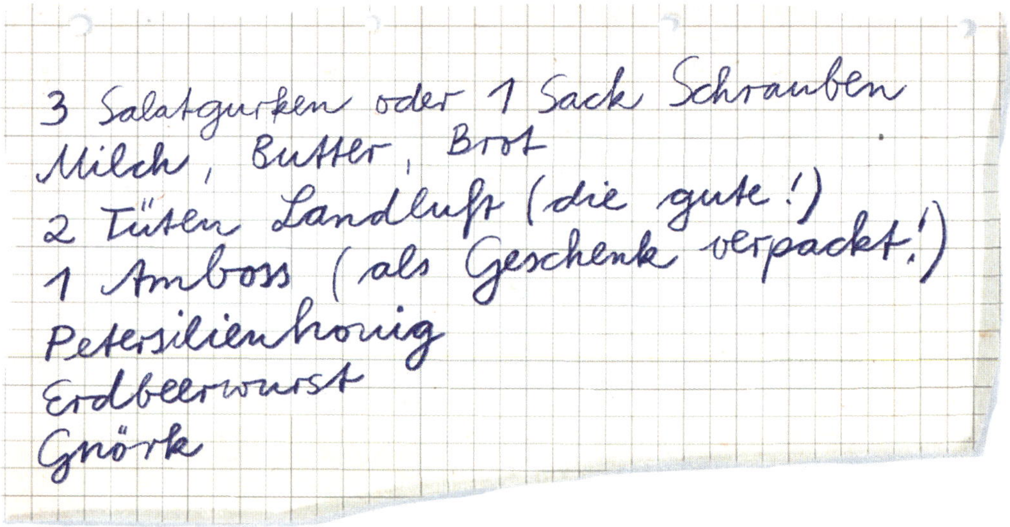
3 Salatgurken oder 1 Sack Schrauben
Milch, Butter, Brot
2 Tüten Landluft (die gute!)
1 Amboss (als Geschenk verpackt!)
Petersilienhonig
Erdbeerwurst
Gnörk

»Was ist Gnörk?«, fragt Marie, nachdem sie die Liste langsam durchgelesen hat.
»Genau das will ich herausfinden, mein Marellchen«, sagt Opa und zwinkert ihr zu. »Aber leider ist Gnörk immer ausverkauft. Vielleicht haben wir heute Glück!«
Genau versteht Marie Opa nicht. Aber das findet sie nicht weiter schlimm. »Wo hast du denn einen Beutel zum Tragen?«, fragt sie.

Opa zuppelt sich am Bart und überlegt. »Das weiß der Kuckuck«, murmelt er. »Und wo der Kuckuck, dieser komische Vogel, heute wieder steckt, das habe ich auch vergessen. Wir können ihn also nicht nach dem Einkaufsbeutel fragen. Aber ich weiß, dass ich noch ein schönes Beutelgedicht für dich habe. Ich müsste nur erst mein Notizdingsbums …«

Opa öffnet grummelnd ein paar Küchenschubladen und kramt darin herum. Dann schaut er in den Kühlschrank, nimmt zufrieden lächelnd sein Notizbuch heraus und legt los:

Der stolze Beutelwolf

Der Beutelwolf, das stolze Tier,
steht mit kühnem Blick vor mir.
Doch schweigt er nur, wenn ich ihn frage,
was er in seinem Beutel trage.

Drum fang ich an herumzuraten:
„Ist es womöglich Sauerbraten
oder eine Kuckucksuhr?"
Der Beutelwolf, er lächelt nur.
Ich tippe weiter: „Schwarzwaldschinken?"
Das Tier beginnt schon abzuwinken.
„Pommes oder Tennissocken?"
Der Wolf lässt sich kein Wort entlocken.
„Knete? Lego? Hefezopf?"
Das Mistvieh schüttelt stur den Kopf.
„Katzenstreu? Jamaika-Rum?"
Verflixt! Der Beutelbalg bleibt stumm.

Fast wage ich hineinzuäugen,
um mich selbst zu überzeugen.
Doch bin ich höflich und gescheit
und respektier die Eitelkeit.
Ich geh und schaue nicht hinein.

Was wird schon drin gewesen sein!

Statt des Beutels nehmen Marie und Opa dann einen alten Reisekoffer zum Transportieren der Einkäufe. Während die beiden damit zum Laden juckeln, gerät Opa ins Schwärmen: »Mit diesem Koffer haben deine Oma und ich die ganze Welt bereist, damals, als wir noch jung und schön waren ... Dänemark, Ecuador, Bad Salzschlirf, Innere Mongolei, Schlaraffenland ...«

Marie bleibt kurz stehen. »Ihr wart im Schlaraffenland?«, will sie wissen. »Gibt es das wirklich?«
Opa blinzelt ihr zu. »Es ist recht schwer zu finden«, murmelt er. »Doch ich könnte schwören, dass wir im Schlaraffenland waren. Aber vielleicht war es auch nur der Harz. Die beiden werden sehr oft verwechselt.«

Später im Laden ist das Gnörk leider wieder einmal ausverkauft.

KAPITEL 4

An diesem Abend sitzen Opa und Marie auf der Terrasse und lauschen in die Dunkelheit. Marie trinkt einen heißen Kakao, aber ohne die Röstzwiebeln, die Opa ihr dazu angeboten hat. Opa selbst knabbert an einer warmen Leberwurst und trinkt Sauerkrautsaft mit Sahne.

»Mmmmh … schmeckt gar nicht mal soo gut«, sagt er und lacht.

Marie lacht auch, aber nur ein bisschen. Sie gruselt sich etwas vor der Dunkelheit. Aber es ist gleichzeitig auch spannend, sich vorzustellen, was dort im nächtlichen Garten herumschleicht. Zumindest wenn man gemütlich mit Opa auf der Terrasse sitzt.

»Meinst du, es gibt Feen und Riesen und Wichtel und so was, Opa?«, fragt sie leise.

»Natürlich!«, antwortet er sofort. »Ich habe ja höchstselbst ein Gedicht über einen Wicht geschrieben. Sozusagen ein Wichtgedicht. Dann muss es so etwas ja geben.«

Opa tappt ins Wohnzimmer, stöbert dort eine Weile herum und zieht schließlich unter dem Teppich das Notizbuch hervor. Dann kommt er zurück und liest mit leiser Stimme:

Der Funkelwicht

In diesem Loch, da wohnt ein Wicht,
der hasst nichts so wie Sonnenlicht.
Drum sitzt er immer dort im Dunkeln.
Siehst du seine Augen funkeln?

Nein? Du siehst die Augen nicht?
Moment einmal: Wo ist der Wicht?

Hilfe! Achtung! Wicht gesucht!
Wer ihn geraubt, der sei verflucht,
dem drohen Prügel und noch mehr,
zum Beispiel ...

... ach ... da sitzt doch wer!
Oh, wie schön: Es ist der Wicht!
Gestohlen ist er also nicht.
Stattdessen hockt er dort im Dunkeln.
Siehst du jetzt die Augen funkeln?

Wieder nein?
Verdammter Mist!
Ob der Wicht gestorben ist?
Klappe zu und Schicht im Schacht?

Halt! ... Er hat sie aufgemacht,
seine Augen dort im Dunkeln.
Siehst du sie jetzt bitte funkeln?

Ja?
Na endlich!

»Das Ende reimt sich ja gar nicht!«, meint Marie nach einer Weile. »Ich mag's aber trotzdem. Gerade so die richtige Gruseligkeit.«

Dann schweigen beide noch ein bisschen und schauen in die Nacht hinaus.

Da leuchten plötzlich in der Hecke zwei Augen auf! Marie erschrickt.

Doch dann erkennt sie Ignaz, den Kater der Nachbarn. Er kommt schnurrend auf sie zu und lässt sich den Rest von Opas Leberwurst schmecken.

KAPITEL 5

Heute will Marie einen Brief an ihre beste Freundin Emily schreiben. Sie sitzt am Wohnzimmertisch und hat ein leeres Blatt vor sich. Aber sie weiß nicht, was sie schreiben soll, und kaut erst einmal eine Weile auf dem Stift herum.

Dann schreibt sie los:

Libe Emily, ich bin bai mein Opa.
Unt der ist noch Gans dicht.

Das ist schon mal ein guter Anfang!

er is soga noch dichta!

schreibt sie weiter. Denn sie will Emily von den lustigen Gedichten erzählen, die Opa sich für sie ausgedacht hat.
Opa tritt neben sie.
»Ein Brief? Wie schön! Auch darüber ist mir ein Reim zugeflogen, Marellchen. Wo ist nur …?« Er kratzt sich am Kopf. »Steh doch mal kurz auf«, sagt er dann.
Als Marie sich vom Stuhl erhebt, zieht er unter dem Kissen das Notizbuch hervor und klappt es augenzwinkernd auf …

Ein Brief

Meine liebe Ingeborg,

ich vermiss dich sehr!
Wenn man doch auf Bohrinseln
nicht so einsam wär!

Ich trag hier einen gelben Helm
und polier die Pumpen.
Die Kollegen lachen oft.
Die könn' mich mal, die Lumpen!
Das Meer ist meistens ziemlich wild.
Möwen kommen selten.
Ich glaub, die fliegen nicht hier raus
aus Angst, sich zu erkälten.

Wir fördern jeeede Menge Öl:
Stündlich tausend Liter!
Heut hab ich einen Wal gesehen.

Gruß und Kuss,
Dein Dieter.

Marie muss so lachen, dass ihr der Stift aus der Hand fällt. Opa erklärt ihr noch, was eine Bohrinsel ist, nämlich ein Eisenturm, von dem aus man im Meeresgrund nach Öl stochert. Dann lässt er sie den Brief zu Ende schreiben. Marie überlegt kurz und nimmt den Stift wieder in die Hand.

Ich dichte jez auch fürdich.
So!

Maine libe Emily
ich vermis dich seer!
Wenn doch immer ferienzeid
und nich schule wär!
ich un~~k~~d Opa lachen oft
und wir streitn ni.
Is es auch so schön bei dir?

Grüse fon. Marie

Mit diesem Brief ist sie sehr zufrieden. Sie legt ihn in den Umschlag und fragt Opa, ob er eine Briefmarke hat und ihr beim Aufschreiben der Adresse helfen kann.

Am Abend wollen Opa und Marie im Garten zelten. Sie suchen sich einen guten Platz unter dem Apfelbaum aus und bauen das Zelt auf. Dann macht Opa ein Lagerfeuer. Er will Wackelpudding über dem Feuer grillen. Marie schlägt stattdessen Würstchen vor.
»Eine verrückte Idee! Aber warum nicht?«, meint Opa.
Plötzlich krabbelt etwas über Maries Bein.

»Das ist eine Zecke«, sagt Opa und schnippt das Tierchen mit seinen schrumpeligen Fingern von Maries Bein herunter. Die Zecke fliegt im hohen Bogen ins Gras, als wäre sie von einer Zeckenkanone weggeschossen worden.
Marie weiß nicht, was eine Zecke ist und warum sie nicht bleiben durfte.
»Zecken können krank machen«, erklärt Opa. »Da fällt mir ein ....«, murmelt er. Und schon verschwindet Opa im Haus, um sein Notizbuch zu suchen. Es müsste oben in der Badewanne liegen. Oder im Schuhschrank?

Bis Opa wieder da ist und die richtige Seite aufgeschlagen hat, beobachtet Marie die kleine Zecke, die beleidigt hinter einem Löwenzahnblatt verschwindet.

Die erfolglose Zecke

Die Zecke hing am Blatt im Wald,
auf dass sie sich ein Opfer krallt.
Im Unterholz erklang ein Schnaufen:
Es kam die Wildsau angelaufen.

Die Zecke dachte: „Jetzt geht's los!"
Sie gab sich einen kleinen Stoß,
und voller Anmut schwebte sie
hinunter Richtung Borstenvieh.

Doch grade als sie auf dem Schwein
landen wollte, fiel dem ein,
mit nicht minder lautem Schnaufen
zu wenden und zurückzulaufen.

Weshalb die Zecke, sehr grazil,
vorbei- und auf den Boden fiel.
Dort hörte man sie leise fluchen
und den Weg nach Hause suchen.

Die wilde Sau jedoch entwich
heim zu Ferk und Eberich.

Marie quiekt vor Freude: »Ferk und Eberich!«, lacht sie. »Das merke ich mir für die Schule.«
Opa grinst und geht ins Haus. »Wollen wir doch mal sehen, ob ich Eberichwurst zum Grillen im Kühlschrank habe«, murmelt er gerade so laut, dass Marie es hören kann.

KAPITEL 6

Am letzten Abend bei Opa kann Marie schlecht einschlafen. Ein Sommergewitter grummelt über dem Haus herum, als würde der Himmel mit Marie und Opa schimpfen.

Um Marie zu beruhigen, sagt Opa ihr sein kürzestes Gedicht auf. »Dieses Poem kann ich sogar auswendig«, erklärt er vorher noch stolz.

Was gut ist, denn das Notizbuch ist sowieso gerade wieder mal nicht auffindbar.

»Igel bei Gewitter

Blitze zuckten, Donner grollten,
und durch das dunkle Dickicht rollten
zwei Igeltiere: Rolf und Reiner,
doch gesehen hat sie keiner.«

Danach hört das Gewitter plötzlich auf, als hätte es sich von Opas Gewittergedicht beeindrucken lassen. Draußen vor dem Fenster rauscht nur noch die große Eiche ein wenig vor sich hin.

»Weißt du, was ich in diesem Baum vor vielen Jahren einmal entdeckt habe? Als deine Oma noch lebte?«, fragt Opa, der die Eiche betrachtet.
Marie sagt gar nichts. Sie wird immer traurig, wenn sie an Oma denkt. Opa schweigt auch eine Weile.
Dann fällt sein Blick auf den Blumentopf am Fenster, aus dem das Notizbuch herausragt. Er schnappt es sich, blättert und fängt an zu lesen …

Ein Freund

In meinem Garten steht ein Baum,
so hoch als wie ein Berg.
Man sieht von ihm den Wipfel kaum
und fühlt sich fast als Zwerg.

Ich steige gern in diesen Baum
und schaue dann nach oben.
In seinem weiten, grünen Raum
fühl ich mich aufgehoben.

So sitz ich heute wieder hier
und schreibe dies Gedicht.
Da hockt sie plötzlich neben mir
und schaut mir ins Gesicht.

Eine Eule, braun und rund,
so groß wohl wie ein Topf.
Sie zwinkert mit den Augen und
wackelt mit dem Kopf.

So sitzen wir nun auf dem Ast
und schweigen im Verein.
Mir ist es so, wir könnten fast
beste Freunde sein.

Doch plötzlich hebt sie sich hinfort
und gleitet in den Wald.
Auch ich verlasse diesen Ort,
mir ist auf einmal kalt.

Man sieht mich jeden Tag seitdem
zu diesem Baume gehen.
Doch hab ich nie und nimmermehr
die Eule dort gesehen.

Als Opa ihr gute Nacht gesagt hat und gegangen ist, schaut Marie noch eine Weile aus dem Fenster. Sie möchte so gerne die Eule sehen. Hockt da oben nicht etwas Braunes zwischen den dunklen Ästen? Marie ist sich nicht sicher. Sie starrt so angestrengt nach draußen, dass ihr schließlich die Augen zufallen.

»Hast du doch noch gut und wohlriechend geschlafen, mein Marellchen?«, fragt Opa am nächsten Morgen beim Frühstück.
Er brät Marie Spiegeleier mit Apfelmus. Und schmiert sich selbst ein leckeres Brennnesselbrötchen.

»Ja, habe ich«, sagt Marie vergnügt. »Ich hab noch nach der Eule geschaut. Und lauter verrückte Sachen geträumt!«
»Lustige Träume sind etwas Feines«, sagt Opa und lächelt. »Dann ist Schlafen nicht so langweilig. Und mein letztes Gedicht für dich geht auch über Quatschträume. Warte kurz …«
Er legt sein Brötchen zur Seite und findet das Notizbuch nach einigem Suchen im Obstkorb zwischen zwei Bananen und seinen Badelatschen.

Traumgespinst

Der Mann starrt durch das Ofenrohr.
Das Kind geigt in der Ecke.
Die Frau sitzt seitlich links davor
und streichelt eine Schnecke.

Der Weihnachtsmann im Nebenraum
macht puterrot Gymnastik,
betrachtet von dem Schottlandschaf
mit einem Hut aus Plastik.

Und obendrüber, schnapsbeschwingt,
singt der dicke Fritze.
Sein Leibarzt, weil es grauslich klingt,
verpasst ihm eine Spritze.

Im Keller grölt der Startenor,
mit Wackelzahn und Mütze.
Im Garten ein gemischter Chor
in einem Fass voll Grütze.

Dann rufen alle „Sauerkraut!"
und schweigen elf Sekunden.
Ein Knall ertönt, der Morgen graut …

und alles ist verschwunden.

Nach diesem verrückten Reim schmeckt Marie ihr Frühstück noch besser als sonst. Und sie stellt sich vor, wie eklig es wäre, eine Nacktschnecke zu streicheln. Und wie lustig, in einem Fass voll Grütze zu stehen und Lieder zu singen …

KAPITEL 7

Mama und Papa sind da, um Marie abzuholen. Mama sieht sehr entspannt aus. Papa nicht so sehr. Er wirkt etwas zauselig und fragt Opa, ob er ein Wurstbrot und einen Kaffee haben kann.

»Dort wurde man nie richtig satt. Und es gab nur Kräutertees und Heilsäfte«, flüstert er Marie verschwörerisch zu, als Mama nicht hinhört.

Marie nimmt Opa zum Abschied fest in den Arm. »Ich hab dich lieb, Opa«, sagt sie und muss schlucken.

»Du bist mein Marellchen, und du bleibst mein Marellchen!«, sagt Opa. »Danke, dass du mich besucht hast.«

Als Papa schon losfahren will, ruft Opa:
»Halt! Ich wollte dir doch noch das Notizbuch schenken. Wo ist es nur?«
Dann sieht er es auf dem Autodach liegen und reicht es Marie durchs Fenster. »So kannst du sie alle noch mal nachlesen, Marellchen«, ruft er und winkt, als das Auto auf die Straße einbiegt.
»Daaaanke, Oooopaaa!«, schreit Marie aus dem Fenster zurück.

Als Opa hinter der Kurve verschwunden ist, schaut Marie auf das blaue Buch in ihren Händen. »Für Marellchen« steht darauf in Opas schöner, alter Schnörkelschrift. Sie streicht darüber und lächelt.

»Wollt ihr ein Gedicht hören?«, fragt sie Mama und Papa. Und dann schlägt sie die erste Seite auf …

Der Autor

Jan Kaiser, Jahrgang 1976, ist Jurist und widmet sich als Ausgleich zum trockenen Brot Justitias dem Schreiben halbernster Texte für Kinder und Erwachsene. Seine Unsinnsgedichte erschienen in diversen Büchern, Zeitungen und im Radio. Eine neue Leidenschaft von ihm sind Bilderbuch- und Vorlesegeschichten, mal gereimt, mal ungereimt. Er lebt mit seiner Familie im Breisgau.
www.jan-kaiser.info

Die Illustratorin

Maja Bohn, 1968 in Rostock geboren, absolvierte nach einer abgebrochenen klassischen Tanzausbildung eine Buchhändlerlehre und arbeitete danach mehrere Jahre im Verlagswesen in Berlin. Seit ihrem Studienabschluss an der Kunsthochschule Berlin Weißensee ist sie als freiberufliche Illustratorin und Autorin im Kinder- und Schulbuchbereich für das In- und Ausland tätig. Sie hat bisher über 40 Kinderbücher illustriert. Maja Bohn lebt mit ihrer Familie in Berlin.

FSC
www.fsc.org
MIX
Papier | Fördert gute Waldnutzung
FSC® C018236

Umschlaggestaltung: Maja Bohn
Lektorat: Sophia Marzolff
Satz: Magdalene Krumbeck, Wuppertal
Druck: Dimograf, Bielko-Biala
ISBN 978-3-7795-0699-7
www.peter-hammer-verlag.de